L'ART
FORESTIER,

Par Christophe Opoix,

ANCIEN GARDE-GÉNÉRAL DES EAUX ET FORÊTS, A LA RÉSIDENCE DE CRÉCY, DÉPARTEMENT DE SEINE ET MARNE.

Si canimus silvas, silvæ sint principe dignæ.

A MEAUX,

DE L'IMPRIMERIE DE DUBOIS-BERTHAULT.

1819.

L'ART

FORESTIER.

COLBERT, par un édit (1) approuvé de son Roi,
Affranchit les forêts de la commune loi.
Pour maintenir toujours la paix au milieu d'elles,
Il confia leur sort à des gardiens fidèles, (2)
Chargés d'en écarter les troupeaux dévorans,
Et le rodeur obscur qui porte des tranchans.
Pour prix de tant de soins, des arbres centenaires
Menacèrent le ciel de leurs têtes altières;
Ces superbes géans, transformés en vaisseaux,
Fendirent noblement la surface des eaux.
Joyeux à leur aspect, le sage et vieux Nérée
Dans son entre enchaîna l'impétueux Borée,
Respectant à la fois le commerce des Francs,
Et l'éclat immortel de leurs pavillons blancs. (3)
   Aux veilles de Colbert, forestiers, rendez grâces,
Et tâchez, s'il se peut, de marcher sur ses traces.
Lorsque du doux printems le bienfaisant retour
Invite la nature aux douceurs de l'amour;
Quand des milliers d'oiseaux, différens de plumages,
De leurs charmans concerts remplissent les bocages,
Il est temps d'aiguiser la hache des marteaux:
Elèves forestiers, commencez les travaux;

Et les plans à la main , dans les coupes nouvelles, (4)
Réglez vos mouvemens, vos marches paralelles.
De cet art précieux observez bien les lois.
Et sur-tout n'allez point, incertains dans vos choix,
Condamner à la mort, par des erreurs grossières,
Ce chêne surâgé qu'ont respecté nos pères :
Le hêtre au corps uni, le charme verdoyant,
Le bouleau solitaire à l'écorce d'argent,
Le tilleul dont la fleur d'Esculape est chérie,
Et le frêne à son tour ami de l'industrie.
Il ne faut pas non plus, sans égards martelant,
Dans l'arbre jeune encore enfoncer le tranchant;
Car de cette blessure, alors par trop profonde,
S'épanche lentement la sève vagabonde,
Qui par l'effet du temps, changée en noir limon,
Engendre sur son corps le fatal champignon.
Le cancer lui succède; ou des loupes énormes
De cet arbre naissant déshonorent les formes;
Il périt de la main qui croit le conserver.
De tomber dans l'excès on doit se préserver.
Sachez de vos marteaux faire un meilleur usage;
Que le miroir, (5) tracé par un agent plus sage,
D'un lozange incliné présente le tableau,
Appliquez au milieu l'empreinte du marteau.
N'offensez point le corps, n'enlevez que l'écorce.
Il faut de la souplesse, et non pas de la force.
Un coup mal assuré peut produire une erreur,
Ou laisser le champ libre à l'avide acquéreur.
N'allez pas réserver l'arbre qui périclite,
Sur ses rameaux déserts croît le gui parasite. (6)

Son écorce est blanchie, et son front couronné; (7)
De sa perte, lui-même, il a l'air consterné.
Voyez sans intérêt cet autre centenaire,
Dont les pivots saillans semblent plantés sur terre.
De périr par les vents, il demeure en danger;
Sa tête s'arrondit en forme d'oranger;
Tristement il végète, et sa fatale cime
Arrête les progrès du taillis qu'elle opprime.
Débarrassez le sol de ces arbres souffrans;
Et peuplez vos forêts de sujets plus brillans.
A des traits différens, vous devez reconnoître
L'arbre que la nature a choisi pour s'accroître.
Il voudroit aux regards échapper vainement;
Ce favori du sort, planté profondément,
Elégant dans sa taille, ainsi qu'en sa parure,
Etale noblement sa verte chevelure.
Sans efforts, des hivers il brave les rigueurs,
Et des vents mutinés méprise les fureurs.
Toujours avec sagesse opérez la réserve. (8)
L'arbre le mieux venant a besoin qu'on l'observe.
Par un charme apparent souvent on est trompé;
Peut-être en son printems la foudre l'a frappé;
Et d'un conduit secret sa sève répandue,
Lui communique un vice insensible à la vue;
Ou de son bec d'acier, le pimart destructeur, (9)
S'est creusé daus son corps un abri protecteur.
Je ne veux pas vers lui qu'un penchant vous entraîne,
Cherchez sans balancer une espèce plus saine.
Point de confusion; sur-tout distinguez bien,
Le jeune baliveau, (10) le moderne (11) et l'ancien. (12)

Entre eux n'oubliez pas d'établir des distances,
Et s'il se peut encor, variez leurs essences.
Des arbres, différens de feuilles et de mœurs,
Sont toujours surs de plaire à des yeux connoisseurs.
Parmi ces étrangers de la même patrie,
Victimes que le temps destine à l'industrie,
Le chêne vigoureux siége avec majesté,
Présentant vers le ciel sont front plein de fierté.
Ses voisins, pénétrés du respect qu'il inspire,
Paroissent des sujets soumis à son empire.
Il a vu devant lui trois siècles s'écouler,
Des générations, des trônes s'écrouler;
Seul, il reste debout après tant de ravages,
Et semble se jouer de la marche des âges.
Abandonnez au fer tous ces arbres jumeaux, (13)
Qui font pour la plupart des progrès inégaux :
Ces frêles baliveaux, dont les cimes pendantes
Offensent le coup d'œil et dégradent les ventes.
Si du même pivot sont accrus plusieurs brins, (14)
Avares de leur choix, portez ailleurs vos soins,
Dans la crainte qu'un jour un baliveau ne brille,
Et s'élève aux dépens de toute une famille.
Pourroit-il compenser, par son faible produit,
L'espoir que promettoit ceux qu'il auroit détruit?
Enrichissez le sol, marquez, de préférence,
Celui qui de sa graine a reçu la naissance.
Son écorce argentine ajoute à sa beauté;
Et comme un fils unique, il croît en liberté.
Dérobez à la mort, Diane vous l'ordonne,
Ces fruitiers sauvageons, que la tendre Pomone,

Dans ces lieux écartés, sembla planter exprès,
Pour étancher la soif des hôtes des forêts.
Il faut qu'à chaque pas la prudence vous guide.
Si, maltraité du sort, dans un espace vide,
Un arbre tortueux vit solitairement;
Conservez-le toujours; et bientôt rappelant
Un reste de vigueur, presque éteint en ses veines,
De nombreux successeurs renaîtront de ses graines;
Pourvu que, profitant de la bonne saison,
Vous fassiez promptement défonce le gazon,
Afin qu'autour de lui, la terre préparée,
Reçoive dans son sein la semence égarée.
Lorsque des baliveaux les choix sont terminés,
Du surplus de ces bois, au trépas condamnés,
Calculez les produits sur des bases certaines,
Suivez de nos ayeux les méthodes anciennes.
Ennemis du détail ils voyoient tout en grand.
L'homme minutieux le premier se méprend.
Si l'estimation avec trop d'art s'exerce,
Elle devient alors le fléau du commerce;
Et par son faux brillant, un acquéreur séduit,
Ne sauroit échapper au malheur qui le suit.
Inspectez fréquemment les coupes en usance; (15)
Peut-être avec dessein, ou par inadvertance,
L'ouvrier, peu soigneux, n'aura point observé
De soustraire au tranchant un arbre réservé;
Ou du taillis sapé jusque dans la racine,
Son imprudente main causera la ruine.
Ces funestes écarts, il faut les prévenir,
Si vous ne voulez pas attrister l'avenir.

Sur l'exploitation se fonde l'espérance,
Elle donne à la fois la mort et la naissance,
Et devient un objet des plus intéressans.
Quand arrive le jour de vos récolemens, (16)
Préparez les jalons, et qu'une étroite laie (17)
Vous guide pour compter les arbres de futaie. (18)
Visitez leurs miroirs; par un échange adroit,
On pourroit vous tromper; devant vous marchez droit.
Malheur à l'imprudent qui s'écarte des lignes;
Cette faute conduit à des erreurs insignes;
Avec elles bientôt la fraude se confond,
Et voudroit s'enrichir au détriment du fond.
Ces coupes, mes amis, réclament l'œil du maître;
Soyez donc attentifs; malgré vos soins, peut-être
L'infidèle acquéreur aura-t-il dépassé
Le but que sur son plan l'arpenteur a tracé. (19)
Ou bien, ensevelis sous les tiges nouvelles,
De vieux bois façonnés, gissent au milieu d'elles;
Ou l'ouvrier tardif, par l'époque surpris,
De sa loge enfumée a laissé les débris.
Voyez si dans ces lieux les troupeaux indociles,
Ont brouté des taillis les repousses fragiles.
Que de larges fossés leur servent de rempart;
Que de nombreux canaux, dirigés avec art,
Affranchissent vos bois de ces ondes stagnantes,
Qui cherchent vainement à retrouver leurs pentes.
C'est l'unique moyen d'embellir les forêts.
Si vous ne pouvez point dessécher les marais,
Tentez de repeupler cette humide demeure,
Ou de l'osier flexible, ou du saule qui pleure.

C'est ainsi qu'appelant partout l'utilité,
Vous forcez la nature à la fécondité.
Pour assainir encore et complaire à la vue,
On peut bien par surcroît percer une avenue;
Le voyageur, surpris des effets du niveau,
Admire la beauté de ce double rideau.
Mais ne consentez pas qu'à travers les futaies, (20)
On aille, sans objet, multiplier des laies; (21)
Que traçant mainte étoile avec compartiment,
On change une forêt en un parc d'agrément.
L'intérêt le défend; et Diane elle-même
Ne sauroit approuver ce coupable système.
Les sangliers, les cerfs, et les chevreuils craintifs,
Iroient chercher ailleurs de plus vastes massifs.
Aux sons brillans du cor, de sa meute fidèle
Vainement le piqueur ranimeroit le zèle;
Et dans ce vide affreux, la déesse, aux abois,
Fuiroit en maudissant le séjour de ces bois.
Je hais ce protégé, forestier petit maître,
Qui de son cabinet juge et croit tout connaître.
Ce fainéant heureux, entouré de flatteurs,
Exerce son emploi par des ambassadeurs.
Il craint des noirs hivers la froidure piquante;
Ou d'un soleil d'été la lumière brillante
Dans ses nerfs délicats cause un embrâsement.
Moi je ne vois en lui qu'un faquin ignorant,
Qui, le trimestre échu, court avec allégresse,
Recevoir d'un payeur le prix de sa paresse,
Tandis qu'en sa forêt, une serpe à la main,
Le maraudeur tranquille achève son larcin.

Ecoutez les conseils de celui qui vous aime.
L'homme laborieux doit tout voir par lui-même.
Visitez chaque jour les bois de vos cantons.
Apprenez à connaître et leur âge et leurs noms.
Leurs progrès annuels, leur antique origine,
La qualité du sol, l'essence qui domine.
L'expérience est tout ; ces peuples verdoyans
Doivent se gouverner par des soins différens.
Les uns, enfans gâtés d'une terre féconde,
S'élèvent à loisir dans une paix profonde,
Et produiront un jour ces géans forestiers,
Que la marine appelle en ces vastes chantiers.
Mais les autres plantés sur des côteaux stériles,
Font pour se ranimer des efforts inutiles.
Et par malheur encor, trop voisins des hameaux,
Ils sont toujours en butte à des délits nouveaux.
Portez sur ces derniers l'œil de la surveillance,
Et cherchez les moyens d'alléger leur souffrance.
Sur-tout gardez-vous bien de les laisser vieillir ;
En les rajeunissant on peut les embellir. (22)
De ces bois menacés, sentinelles actives,
Suivez des maraudeurs les troupes fugitives.
Leurs projets de larcin deviendront superflus,
On vous croira présents, quand vous n'y serez plus.
Laissez en liberté, pour chauffer sa famille,
Le pauvre en vos forêts enlever la ramille.
Loin de le gourmander, plaignez plutôt son sort.
Eût-il à vos taillis, causé le moindre tort,
N'allez pas, sans égard à son humble prière,
Dans vos emportemens outrager sa misère.

De cet excès blamable il faut vous abstenir ;
A Thémis (23) appartient le droit de le punir.
Tâchez de réprimer ce braconnier perfide,
Qui prenant en secret la lune pour son guide,
Réduit impunément une forêt en deuil.
Soit que son plomb subtil atteigne le chevreuil,
Le daim, le sanglier, fléau de la campagne,
Ou du cerf voyageur, la timide compagne ;
Soit que dans ses colets, (24) par le hazard surpris,
Il retienne captifs le lièvre ou la perdrix.
Epiez sa démarche et le toît qu'il habite ;
Mais ne risquez jamais une attaque subite.
Cet homme furieux, inquiet sur son sort,
Peut vous donner lui-même, ou recevoir la mort.
Le meurtre se punit, et le délit s'excuse.
Employez envers lui la prudence et la ruse ;
Je préfère avant tout l'accent de la douceur.
Si le vice aux vertus n'a point fermé son cœur,
Vous le verrez bientôt, sans trouble et sans alarmes,
Aux pieds de la raison venir poser les armes ;
Quel triomphe pour vous ! banissez des forêts
Ces ennemis jurés des travaux de Cérès, (25)
Qui coupant des bouleaux les repousses débiles,
Trafiquent leurs débris sur le marché des villes ;
Et devenant par fois encor plus dangereux,
Dépeuplent les taillis de leurs plants précieux.
Ils ont beau pour excuse offrir leur indigence,
Ces bois infortunés vous demandent vengeance.
Envers certains délits on peut être indulgent ;
Mais vous devez encor traiter sévèrement,

Tel qui pour ses troupeaux d'herbages trop avide,
Dans les plus jeunes bois, de sa faulx homicide,
Moissonne sans pudeur le tendre rejeton,
Et ravit au faisan ses fils dans le gazon.
Ah ! ne tourmentez point cet enfant du village,
Qui surprend dans ses lacs un oiseau de passage ;
Loin de mettre au secret ce prisonnier nouveau,
Il l'expose lui-même aux regards du hameau.
Qu'avec sécurité, de la fraise vermeille
Une aimable bergère emplisse sa corbeille.
Quand cette belle encore auroit, innocemment,
Dépouillé de ses fruits le coudrier pliant,
Et laissé de délits quelques légères traces,
On doit lui pardonner, en faveur de ses graces ;
Qui pourroit de sang-froid voir pleurer ses beaux yeux !
Ce spectacle touchant désarmeroit les Dieux.
Je m'arrête ; et je sens que ma tâche est remplie.
Gardez-vous de fausser le serment qui vous lie.
Dociles à ma voix, confirmez mon espoir ;
Et ne sortez jamais des bornes du devoir.
Si la séduction vous offre des richesses,
Repoussez promptement ses perfides largesses ;
A quoi sert un trésor condamné par l'honneur ?
La fortune n'est rien sans le repos du cœur.
De ces vertes forêts les enceintes chéries
Invitent les mortels aux douces rêveries ;
Et lorsque je m'assieds sous leurs charmans abris,
D'antiques souvenirs pénètrent mes esprits.
O forêt de Montceaux ! (26) c'est toi qui me rappelle
Le feu dont un grand roi brûla pour Gabrielle,

Errant en ma pensée, et le cœur attendri,
Je crois sous ton feuillage apercevoir Henri,
Et retrouver encor, sur ta mobile arêne,
Le premier pas qu'il fit pour pardonner Mayenne. (27)
Me reportant soudain à des temps plus nouveaux,
L'imagination me peint l'aigle de Meaux. (28)
Composant ses sermons, ses oraisons funèbres,
Un flambeau dans la main, dissipant les ténèbres;
Aux mortels rassemblés en ce paisible lieu,
Inspirant la morale et l'amour du vrai Dieu.
Et toi, cause et témoin des tourmens que j'endure,
O forêt de Crécy, tu m'offres la peinture,
De ce prince adoré, sensible et bienfaisant, (29)
Qui tarissoit les pleurs que versoit l'indigent.
Hélas! pourquoi faut-il que le destin barbare
De ces bois enchantés aujourd'hui me sépare!
Vous ne me verrez plus, sous leurs dômes épais,
Someiller doucement au souffle d'un vent frais.
Un forestier nouveau, jeunes amadryades, (30)
Gouverne sans amour les bois de vos peuplades.
Si le spéculateur, plus redoutable encor, (31)
Epuise en un seul jour ce précieux trésor,
Les oiseaux consternés cesseront leurs ramages;
Vos temples n'offriront que des réduits sauvages,
Où la marine en deuil, vainement à son tour,
Cherchera des sujets pour repeupler sa cour.
Le chagrin, enfanté par ces métamorphoses,
De vos teints séduisans desséchera les roses.
Vous ne goûterez plus les douceurs du sommeil,
Et ces jeux innocens qu'invente le réveil.

En proie au désespoir, vos nombreuses familles
N'auront d'autres abris que de tristes charmilles,
Où l'églantier perfide, image des ingrats,
Fera couler le sang de leurs pieds délicats.
Je sens que ces tableaux vous font verser des larmes...
Volez aux pieds du trône exposer vos alarmes;
Louis vous recevra dans ses bras paternels,
Et ne permettra pas qu'on brise vos autels.
Un seul mot, émané de sa bouche chérie,
Suffit pour rétablir cette antique régie,
Dont le chef éclairé (32) dirigeant les progrès,
A préservé du fer vos superbes forêts.
Opposant au désordre une puissante digue,
Ses agens réunis triomphant de l'intrigue,
Chanteront avec vous des cantiques d'amour,
En l'honneur des Bourbons, mais avant ce beau jour,
Si près de vos bosquets, en mon humble demeure,
L'horloge du hameau sonne ma dernière heure;
Pour toute récompense, ombragez mon tombeau,
Et suspendez ma lyre aux branches d'un ormeau.

EPITRE

A LA CALOMNIE.

FILLE du noir séjour, compagne de l'envie,
Quand cesseras-tu donc de tourmenter ma vie?
Me verrois-je toujours, esclave sous tes lois,
Contraint à chaque instant de trembler à ta voix?
Je veux, le glaive en main, trop perfide adversaire,
Te suivre sans relâche au fond de ton repaire.
Mais que dis-je, où m'emporte un fol égarement :
Je sens qu'auprès de toi le fer est impuissant.
Ou te trouver; sais-t-on l'endroit qui t'a vu naître?
A quels signes, grands Dieux ! puis-je te reconnoître!
Tu marches doucement, l'ombre couvre tes pas;
Tu parles à voix basse, et ne te montres pas.
Oui, l'enfer te donna, dans le siècle où nous sommes,
Le pouvoir absolu d'opprimer tous les hommes.
Ma haine et ma fureur s'augmentent de moitié,
Lorsque tu prends par fois les traits de l'amitié.
Ce mortel confiant, dupe de l'artifice,
Il te suit en riant au sein du précipice;
Ton triomphe est certain ; et par un sort cruel,
Du plus constant des Dieux tu profanes l'autel.
Pour sauver l'apparence et l'horreur de ton crime,
Tu viens verser des pleurs sur ta propre victime.

Tous les vices impurs te servent d'attributs;
Tu ne respectes point les rangs ni les vertus.
Aux grands, dans leurs palais, tu déclares la guerre,
Et chagrines le pauvre en son humble chaumière.
Au barreau, selon toi, Thémis, à prix d'argent,
Acquitte le coupable et punit l'innocent.
Celui qui, pour son Roi, brûle d'amour fidèle,
Tou langage pervers le peint comme un rebelle.
Le vertueux pasteur, priant dans le saint lieu,
A tes yeux n'est qu'un fourbe, et ne croît point en Dieu.
Tantôt par un soupçon, attristant l'hyménée,
Tu te plais à briser sa chaîne fortunée.
Son feu sacré se change en refroidissemens;
Il gémit sur le jour de ses premiers sermens.
Près d'une chaste belle, on te retrouve encore,
Occupée à flétrir l'honneur qui la décore.
Des plus tendres parens tu fais des ennemis;
Enfin l'homme, en tremblant, se cherche des amis.
O terrible mégère! affreuse Calomnie!
Tu pâlis à l'aspect de la douce harmonie.
Disparais et descends dans l'éternelle nuit,
Rejoindre pour jamais l'enfer qui te produit.
Par le meilleur des Rois, à l'exil condamnée,
Emporte loin de nous ta coupe empoisonnée.
Combien je vous ai plaints en ces tristes momens,
O vous! qui possédiez des emplois trop brillans,
Quand dans l'obscurité, caché sous le feuillage,
Je n'ai pas pu moi-même échapper à sa rage.

———————

NOTES
SUR L'ART FORESTIER.

(1) L'ORDONNANCE des eaux et forêts de 1669.

(2) Les anciennes maîtrises.

(3) La restauration de la marine française.

(4) Portion de bois que l'on coupe annuellement.

(5) Entaille en quarré long que l'on fait, avec la hache du marteau, sur le corps des arbres qui sont propres à être conservés, et au centre de laquelle on applique des armoiries, ou les lettres initiales du nom des particuliers auxquels le fond du bois appartient.

(6) Plante qui croît sur certains arbres, et qui vit à leurs dépens.

(7) Arbre dont les branches du faîte sont mortes.

(8) Le choix des arbres à conserver.

(9) Espèce d'oiseau qui, à l'aide d'un bec très-aigu, parvient à percer les arbres et à s'y loger. On remarque qu'il s'attache le plus communément à ceux qui sont les mieux filés.

(10) Brin de l'âge du taillis.

(11) Arbre de deux âges.

(12) Arbre de trois âges et au-dessus.

(13) Arbres mariés par le pied ou accrus su · un seul tronc en forme de fourche.

(14) Brins de cepée.

(15) Exploitation.

(16) Action de compter les arbres de réserve, après l'exploitation et la vidange des coupes.

(17) Ligne de passage formée par des flâtrures légères, pour faciliter l'opération, et éviter la confusion.

(18) Les arbres modernes, anciens, et au-dessus.

(19) Bornes, ou arbres servant de limites à la coupe.

(20) Gaulis âgés de 40 à 60 ans.

(21) Routes de chasse.

(22) Quand des bois sont malvenans, par la faute du sol qui n'a pas assez de fond, on est obligé de les couper jeunes, pour les conserver et en tirer avantage.

(23) Les tribunaux.

(24) Sorte de piége fait en fil de laiton ou en crin.

(25) La fabrication des ballets, à laquelle s'adonnent aujourd'hui une infinité de gens robustes qui seroient beaucoup plus propres aux travaux de l'agriculture, qu'à ce genre d'industrie destructive.

(26) Forêt à une lieue de Meaux, près de laquelle on voit encore les ruines d'un magnifique château qu'habitoit Henri IV avec Gabrielle d'Estrées.

(27) Ce fut dans une allée des bois de Monceaux, qu'Henri a pardonné au duc de Mayenne.

(28) Le célébre Bossuet, autrefois possesseur des bois de Montceaux, en sa qualité d'évêque de Meaux.

(29) Monseigneur le duc de Penthièvre.

(30) Divinités du paganisme, qui présidaient aux forêts.

(31) L'aliénation des forêts de l'état.

(32) M. le comte Bergon, ancien directeur général de l'administration des eaux et forêts.